손톱

손톱

유미애 시집

문학세계사

□ 시인의 말

참 낡았다
집도 언어도
사랑이라 불렀던 그대들도
상처투성이 세상에 나를 남겨둔
세 남자들께 이 시집을 바친다
비린내 나는 모퉁이를 돌아
나는 또 걸어갈 것이다
살아야 할, 사랑해야 할 당신들의 몫이
고스란히 내게 남아 있으므로.

유 미 애

제1부 물의 눈동자를 찢고 나온 새

초경 ___ 13

손톱 ___ 14

풍금 ___ 16

장미수 만드는 집 ___ 18

큰 입 물새의 유서 ___ 20

애너벨의 손톱 ___ 22

시인의 사려 깊은 고양이 ___ 24

피리 부는 염전 ___ 26

인어 ___ 28

피리 ___ 30

입술연지수선 ___ 32

주문 ___ 33

제2부 내 얼굴을 감출 수만 있다면

장미와 고양이 ___ 37

나의 비극 ___ 38

부부차차, 마지막 벌목꾼의 노래 ___ 40

꽃의 역사 ___ 42

달의 몰락 ___ 44

고양이 깡통에 얼굴을 묻다 ___ 46

뱀가죽 부츠 ___ 48

북극곰처럼 ___ 50

그리운 늑대 ___ 52

가방 ___ 54

구렁이와 하이힐 ___ 56

서커스 ___ 58

제3부 램프의 배후

손톱달 ____ 63

첸지링 ____ 64

늙은 건달의 블루스 ____ 66

머나먼 부에노스아이레스 ____ 68

사슴가죽 신발 ____ 70

말뚝 ____ 72

고강동의 태양 ____ 74

하프엔젤 ____ 76

단풍나무 기타 ____ 78

사과꽃 램프 ____ 80

붉은 방 ____ 82

말라가시아를 경배함 ____ 84

밥집의 에우리디케 ____ 86

제4부 다시 피어나라 당나귀

불멸의 원피스 ___ 89

아드울프 ___ 90

노새들 ___ 92

꽃 내장탕 ___ 94

'셀비'라는 이름의 얼룩 ___ 96

살랑살랑 뚜루뚜루뚜 ___ 98

소보로 빵 ___ 100

그녀의 꽃밭 ___ 101

백두조 ___ 102

배달수 씨에게 섭외된 편지들은 어디로 갔나 ___ 104

브러쉬 ___ 106

악어와 꽃뱀 ___ 108

일어서라 당나귀 ___ 110

□해설 | 허혜정
약속되지 않은 땅 ___ 112

제1부
물의 눈동자를 찢고 나온 새

초경 初經

울렁증이 시작되자 애너벨은 벼랑으로 갔습니다
바다가 보이는 낭떠러지에 누워
출렁이는 머리칼을 아래로 드리웠습니다
물고기의 나라에서는 아무도 월경을 하지 않으므로
북쪽 동굴에 사는 마녀를 불렀습니다
길이 끝나는 마을의 사람들은
붉은 속바지를 태워 하늘을 달래고
귀 밝은 고양이 늑대는
무릎을 문지르며 기다렸습니다
비늘 밖으로 흘러나온 핏방울이 똑 똑
초록 머리칼을 타고 떨어졌습니다
파랑이 지우고 가면 또 다른 핏물이 피어나고
번쩍, 노파의 지팡이가 허공을 가른 후
잠에서 깨어난 인어 한 마리
마을을 향해 걸어갔습니다
동쪽 바다를 떼어낸 비린내가 뒤를 따랐습니다

손톱
―― 꽃잠*

망초 붓꽃 패랭이
흘러간 사랑의 비린내를 핥아먹는 저녁
아~ 하고 상처를 연 순간 색의 덩어리가 쏟아진다

여러 날을 늙은 나무의 그늘에 엎혀 지냈다
조롱이 흔들리는 나무 밑, 고양이와 나눠 먹는 앵두 한 접
시

나비야, 마실 가자! 붉게 번진 입술을 문지르며 따라가던
애인과의 마지막 꽃구경

누군가는 이 열망이라는 짐승과 할퀴며 뒹굴고 또 누구는
고양이의 눈에 비친 황금나무를 깎아 달빛 속으로 노 저어
갔지만
나는 늑대의 시를 읊기 위해 사내라는 벼랑을 탔다
타들어가는 환부를 열어젖히고 새의 허공을 흘러 다녔다
일생, 조용한 꽃나무의 묘지기로 살자던 비밀을 엎지르고
고양이와 장미의 로맨스를 탐닉했다

초승달 신부가 부풀고, 신랑이 거친 알몸을 가렸던 옷을
찢었을 때
그믐에 죽은 꽃의 이름을 불렀다

떠난 자의 눈물이 푸른 손톱을 다시 물들일 때까지
새들이, 장미가 낳은 앵두의 눈을 다 파먹을 때까지
내 안의 주홍빛을 비워내지 못했다

＊ 깊이 든 잠. 신랑 신부의 첫날밤의 잠.

풍금

‘오렌지색 모자를 쓴 소그드인들이 낙타 600마리를 몰고 와
악기목과 비단, 은그릇을 바꾸어 갔다’

새하얀 건반에 아홉 살 내 손이 닿던 날
베어진 나무 아래 서 있는 낙타를 보았다
충혈된 호두나무, 속눈썹으로 스며들던 둔황의 별

오래도록 서성거렸다
나를 내던지고 계부가 손을 씻었다는 우물
어둠의 스파이처럼 숨어 부싯돌을 켜면
암소가 울며 가고 낙타가 산다는 먼 마을에는 눈이 내렸다

책장과 침상 사이 이모들의 거친 숨소리가 들려오는 외딴 방
무서운 밤을 뚫고 갈 류트의 음이 필요했지만
물그릇에 핀 얼음꽃 같은 나는 등 굽은 아비의 자식

새로운 계절이 오면 사슴과 신목을 수놓으며 가는 유랑
상단
사막의 악동樂童이 될까

돌아온 계부가 우물에 못을 치고 나무의 밑동에 칼을 꽂
았다
꽁꽁 언 침대를 녹이며, 딱딱 늙은 메트로놈의 박자를 맞
추며
파랗게 날을 세운 손들이 올라왔다
아비의 모자를 찾은 유목의 봄
어미는 자주색 자궁을 찢으며 울기 시작했다

장미수 만드는 집

옛집 감샤르*가 신기루처럼 떠 있던 시절
나는 새의 저녁을 훔친 죄로 형틀에 묶여 있었던 것
고하노니
나는 저녁에 우는 새와 비린 복숭아뼈를 가진 장미나무
일 뿐
이 성의 오래된 발작과 고열을 지켜온 건
병사들 몰래 피어난 처녀들과 순수한 혈통 덕분
장미의 이름으로 할미는 꽃의 목을 잘라 솥에 던지고
어미는 초록의 문자들로 불을 지펴 즙액을 짰던 것
고하노니
한 잔의 피를 홀짝이며 나는 장미의 경전을 넘겼던 것
처녀들의 이름을 거두며 노래를 불렀던 것
위대한 꽃말이 새어나가지 않도록
온몸의 레이스를 깁는 동안 한 생이 흘러갔던 것
고하노니
마루메죤**의 가마솥은 저녁 새와 할미마저 삼켰던 것
나는 사막의 붉은 시간에게 몸을 맡겼던 것
천천히 오아시스의 아침과 복숭아향 체취를 잊어갔던 것

장미의 칼날이 쇄골 뼈에 박혀 와도 내겐 더 이상
신성한 사냥감과 흘릴 피가 모자라 레이스를 벗기면
마지막 책장을 열고 끼룩끼룩 뱀 한 마리 울었던 것
고하노니
나는 어느새 유혈목이보다
슬프고 유려한 꽃의 문장을 읊고 있었던 것

　＊ 장미수 만드는 곳으로 유명한 이란의 마을.
＊＊ 나폴레옹의 왕비 조세핀이 머무르던 궁. 조세핀은 장미 수집
　　광이었다고 함.

큰 입 물새의 유서

물새 처녀가 피 빨래를 하고 있다

검은 밤, 뭍의 심장을 훔쳐 의식을 치른 바람은 그녀의
몸에
글자를 새기고 갔다

첫 개화, 첫 흔적, 강물에 닿는 순간 산호색 문장은 녹아
내리고
당신들의 얇은 귓불엔 연두의 새잎이 돋는다

웅크려 흙 냄새를 맡던 여인숙 끝 방은 신전이 있던 자리
벽 너머의 그녀는 물고기가 지느러밀 펴듯 칼을 갈았고
아랫목엔 발굽 소리를 죽이고 날개를 접은 푸른 달

물의 색, 뿌리 없는 꿈, 흔들리는 사생활을 간섭 마라
강물을 마시면 꽃의 혀가 되고 광대의 입술이 되어
떠도는 피를 사랑한 새의 조상이나
북의 군대로 돌아간 바람의 일대기를 노래할 수 있으련만

나는 물의 종족, 그녀의 핏물을 읽으며
물새의 혈통을 물려받은 눈, 내 눈 속의 당신들을 후벼
팠다

사내들이란 그립고도 한스러운 적국의 말이 아니든?

북풍의 뼛조각을 물고 와 물 무덤에 내려놓는
새벽의 등을 쓸어주었을 뿐 입을 숨긴 물의 얼굴은
먼 봄을 향해 지저귀지 않았다

애너벨의 손톱

몰랐니? 손가락 끝에도 우물이 있다는 걸
신성한 루살카*의 이야기가 넘쳐 단물 든 여우가 들고
애너벨 누이의 손톱 위로 나귀가 오고 구름이 가고 눈 내
리고
바람 숨긴 깊은 눈, 누이의 몸이 짓이겨지던 날
하늘에는 누이의 손톱 같은 달이 뜨고 어미들의 젖도 쓰
고
로즈마리, 메리로즈 혀에 달던 꽃말에선 시큼한 냄새가
났지
누이의 속옷 같은 달이 서궁의 창에 걸릴 때
아랫마을 사내는 이무기가 검을 품던 우물로 뛰어들고
그의 몸 한쪽엔 파랗게 날 선 달이 박혀 있었지
누이처럼 붉은 이름이 하나 둘 지워지고
그녀를 닮은 사람이 흘리어주던 손톱의 눈물도 마르고
어린 나귀가 우물 바닥을 긁을 때
휙휙 눈길을 달려와 간을 빼먹던 은여우
내 벼린 손끝에서 그 둔갑여우가 비쳐 보이는
물 푸는 요정의 노래 소리 끊어진 이무기네 뒷방

마지막 꽃물 든 분홍 손톱을
그리운 이의 옆구리에 푹 꽂아 넣고 싶은
눈처럼 내려앉는 그런 밤이, 깊어가고 있다는 걸

* 슬라브족의 신화에 나오는 물의 요정.

시인의 사려 깊은 고양이

당신은 먼 나라에서 피는 꽃이다

그러나 향기가 전해지기 전 내 종아리가 휘어졌다

당신이 식탁 위에 두고 간 화병은 주인을 기다리며 지쳐 가고
반짝이는 무릎들이 훔쳐 바른 장미의 입술 색에도 그늘이 드리운다
나무 창문에 당신의 턱수염 같은 이끼가 자라고
내 눈을 뽑아다 박은 듯 허공의 눈동자가 노랗다 흐려진다
끼니를 거른 식기들이 순한 양 이름을 뜯어먹는 이 무렵 나는
저녁의 정강이 아래로 돌아올 눈 빨간 새를 생각했다
목이 타들어가는 장미가 빛으로 향해 갔던 혀를 거둘 때
내 작은 주먹은 꽃잎 하나를 힘주어 잡는다

물고기 한 마리 울고 있다

간신히 켜둔 촛불과 그 불빛 아래 흔들리는 검은 양 그림자
를 두고
저녁이 발라먹은 물고기 같은 혀를 쳐낸 장미의 몰골 같은
무성한 소문만 우리들의 식탁 위에 차려놓은 당신은
뱀과 독수리가 싸우고 나무의 뇌관에 박힌 만년필이 고뇌
하는
먼 곳에서나 볼 수 있는 꽃이므로 나는
늙은 정원의 램프 밑에서 홀로 생리를 하고 버려진 양을 돌
보고
주인공 없는 그림책을 넘긴다

물고기가 만든 웅덩이를 절룩절룩 흰 정강이들이 건너간다
무거운 내 종아리가 어둠의 풍경 하나를 꺼내놓은 후
유리벽 안 풀리지 않는 차가운 귀
모든 외로움을 빨아들인 매서운 눈구멍, 바스라질 듯
야윈 내 손은 시인이 빚어놓고 간 새 한 마리를
꼭 쥐고 있다

피리 부는 염전

N, 누이의 곶에 배가 부딪힌다
7번 갈빗대에 흘러든 바다를 마름질하고
목탄 연필 끝에서 우는 물고기 소리를 듣는 저녁
벌거벗은 바다는 피리를 건져 꼬리를 치는 거라
N, 나는 짓찧은 해당화를 바르고
짐승이 되어 서로의 몸을 드로잉하던 봄날을 떠올린 거라
위대한 뱃사람이 되기 위해 영혼 대신 지느러밀 택한 소년
고요한 보름, 꽃 실은 돛배는 금기의 언덕을 넘고 만 거라
당집 할미는 순결한 별만이 역풍을 막을 거라 했지만
목탄으로 그린 고래를 트렁크에 태워 바다로 보낸 밤
바닷가 예배당, 어린 종지기에게 별은 가파르고
몇 번이나 월경을 한 누이의 얼룩은 덥석 트렁크를 무는
거라
나는 약속의 일곱별과 금 촛대*를 잊은 적 없지만
훌쩍 늙은 꽃나무와 모이라이 여신의 털실에 묶인 고래는
마스트로알을 쳐드는 거라
바다의 물렁뼈를 씹어먹을 듯 심해의 핏줄을 터뜨려 삼킬
듯

그런 후의 차고 빛나는 바다를 갈망하는 듯
필리리 피피피
누이의 얼룩이 서러운 저녁마다 비단 꽃밭을 펼쳐 놓는
거라

  * 요한 계시록.

인어

파랑볼우럭의 눈에 똑! 꽃 한 송이를 띄운다

산호초 그늘에 무릎을 모으면 도톰하고 작은 귀가 생각나
불거진 내 등이 업고 있는 또 하나의 얼굴을 본 순간
팔크 해협에선 눈을 감싼 채 쓰러진 악사가 있었지
비단 코끼리와 복숭아나무를 두고 바다로 뛰어든 남자

내 눈물로 키운 꽃들은 파랑을 타고
흘러, 내 루주를 지우고 내 분 냄새를 감추고
항구의 사내들은 얼굴 없는 꽃을 건져 숙소로 들고
나는, 성으로만 불리어 온 수부들의 오두막을 빠져나오며
바람소리 나는 그이들의 귀를 칠보분갑에 담아왔던 것인데

'이 꽃은 내 눈 속 마지막 한 방울의 피요
먼 곳으로부터 돌아오는 나팔 소리를 들어 보오'

머리칼의 초록빛이 선명해질 때면

사내들의 귀를 던져주며 검은 그림자가 컹컹대는 골목을
달렸지
육지에 닿는 순간 인간의 기억이 되살아나
또 한 사내를 꼬여 헉헉 아랫몸의 허기를 달래는
얼룩얼룩 꽃눈을 단 볼우럭이 엥깡지*를 물들여도
나는 슬픈 부족, 먼 섬에서 왔지
노래하는 푸른 애인과 아기 코끼리가 사는 그곳
지금은 회색 도시, 내 몸에서나 피어나는

분갑을 놓치면, 달리는 상아색 다리도
나팔수를 보며 웃던 연분홍 목울대도
녹아내리고 없을

* 돌고래 보뚜가 인간을 유혹해 데려간다는 신비의 수중도시.

피리

나는
나무의 눈동자를 찢고 나온 새요
피 묻히며 새가 건너가는 하늘, 바람의 긴 숨
가쁜 숨으로 빠져나온 바다의 눈썹 끝
연둣빛 상처를 드러내며 우는 달이요

죽은 사람이 벗어놓고 간 비단 버선
복숭아 자루를 끌고 가던 보름 밤
한 떼의 나비를 날려 보낸 썩은 복숭아 조각이요

초록의 물렁뼈가 닳은 나무의 무릎
빈 무릎 아래서 색을 나누던 구렁이
류화주* 한 잔을 먹고 잠든 구렁이 속의 얼굴이요

산비탈, 바다로 가는 길목을 지키는 집
엉겅퀴 밭을 헤치며 콩을 줍던, 허리가 휜 램프요
한 생애 동안
황토밭에 눈물을 뿌려 온 늙은 암소요

나는
혀 짧은 뱀, 눈썹이 문드러진 소
몸 바꾸어 돌아가던 풀집 모퉁이
그리운 봄날을 향해 가는
털이 무성한 맨발이요

* 신선들이 마신다는 술.

입술연지수선

도자기 항아리에 살던 수선, 얼굴이 사라졌다
호기심 많은 짐승 한 마리가 절정의 밤을 침범해
그녀의 입술을 훔치고 뺨으로 응결하던 꽃물을 엎지르고
강변여인숙으로 달려갔던 폭우의 밤
애인을 잃은 병사 이야기를 들으며
당신 없는 밤을 보낸 적이 있다
바람 병사는 신에게 빼앗긴 여인의 무덤을 찾아
작은 도자기 속까지 흘러들었는지 모를 일
마침내 그녀는 물의 꽃으로 태어나고
바람은 신의 군대로부터 쫓겨나야 했으니
어느 꽃향기 짙은 날에는
물가를 떠도는 바람의 울음소리 거칠어지고
연인을 태운 말이 도착하기 전, 꽃은 지고 말았던 것
어느 날, 당신을 놓아주고도
내 입술이 연지수선처럼 타오른다면
당신이, 그곳으로 와 눈을 씻고 간다면

주문
—— 기우제

달을 쫓던 당나귀가 두 번, 마루를 구르면
웅크려 있던 사람은 하반신을 지운다
노래를 부른다
꽃나무의 영혼이 휘청, 망각의 우물로 빨려들 때
내가, 그리운 소년 대신 눈 찢어진 사내를 따라
빙글빙글 태양이 묶인 기둥을 돌 때
날아가는 분홍 정강이를 잃고
성체를 꿈꾸던 엉덩이의 만곡이 사라지고
내 골반을 훔친 사내의 눈이 더욱 타들어갈 때
지금은 축제의 밤, 달과 처녀들의 시간
썰물에 죽은 짐승의 얼굴이 달빛을 타고 내릴 때
마침내 사람이, 한 쌍의 정강이를 펼칠 때
내 소년의 대금 소리가 털이 무성한 하체로 흘러들어
꽃도 노래도 잊은 내 몸, 터진 자리마다
홍홍, 새로운 핏물이 고일 때

제2부
내 얼굴을 감출 수만 있다면

장미와 고양이

당신은 내 몸을 건너 백색별로 간 고양이
나는 쇠락한 뒷골목의 장미나무
일몰의 트럼펫 소리를 버리고 당신이 떠난 후
어쩌랴
보라의 썩은 내가 풍기는 입술
무릎에 고이는 분홍 울음소리
어쩌랴, 어쩌랴
이미 내것이 아닌 몸뚱이를

나의 비극

내 최초의 슬픔은 벗겼다는 것이다
나는 바람을 사랑했다
붉은 어깨에 새를 앉히고 파이프오르간을 연주하는
저녁 바람을 사랑하여 신성한 머리를 바쳤다
내 두 번째는 금기를 어겼다는 것이다
나는 벗겼다 당신도, 바람의 셔츠 안으로 손을 넣어
물컹한 넋을 꺼내 가는 폭우 속의 광녀를 보았을 것이다
황혼 무렵 전봇대를 흔들고 간 물결무늬 속옷과
그의 저녁을 버린 새의 눈을 보았을 것이다
사내들은 내 머리칼을 뜯으며 노래했다
애인이자 어머니인 여인들은 그네들의 한 철 정거장일 뿐
나는 바람의 두개골이 붓도록 울어주었다
날마다 나는 신의 아들을 범했으며
지하방, 어둠 속으로 끌어들여 그를 욕되게 했다
달의 눈썹으로 빚은 금줄 은줄이 끊어지고
소리의 검법을 익히던 호메로스의 악보는 흩어졌다
그는 폭풍 속으로 떠난 뒤 돌아오지 않았다
나는 정녕 나탈리 망세가 되고자 함이 아니었다

벽장 속에는 목이 부러진 기타가 있다
열여섯 앳된 생이 꺾인 채 건들건들 늙어가는 내 애인
깊은 밤
수술을 마치고 잠든 그의 곁에 활처럼 눕는다
나의 비극은
바람 소리를 기억하는 새의 심장을 가졌다는 것이다

부부차차, 마지막 벌목꾼의 노래

이곳 흑곰 숲엔 파랗게 언 바람이 부오
나는 벽돌침대의 진분홍 바람기를 느끼오
바람 같은 여자의 비취색 눈동자와 비린 살 냄새를 그리
오
자신이 베어낸 나무관 속에서 최씨는 참으로 고요하오
등에 칼집을 내고 받은 그의 피는 유리병 속에 살아 있소
막 목을 딴 사슴처럼 순하고 따뜻하오
그이의 곁을 충실한 몇 마리의 말이 지켰소
제 씨앗을 품을 도도새를 보낸 카바리아 나무처럼 말이오
세상은 또 한 무리의 사내들을 변방으로 밀어냈소
피라미처럼 와글와글 우리의 뒤꿈치를 물어뜯었소
그네들보다 연장이 먼저 숲으로 뛰어들었소
붉은목카라카라처럼 말이오
부부차차 오늘은 벌목꾼의 밤, 별빛은 두려움으로 빛나오
그렇소 우리의 뼈가 아직 희고 힘줄이 선명한 건
저들의 피로 머리를 감고 영혼을 닦아내기 때문이오
사내들의 자루를 빠져나온 연장은 건들건들 모험담을 늘
어놓소

고래잡이가 시작되면 숲에서 일가를 이룬 곰들은 쓰러질
거요
톱질이 서투른 사내와 말도 벼랑 아래로 사라질 것이오
이제 내 뿔은 자라지 않소 사려 깊은 다리는 길을 잃곤
하오
숲은 신비스럽고 형이상학적이오
나는 보랏빛 흑곰 숲의 레이스 안쪽을 엿보며 곰곰 했소
별이 지기도 전, 고래잡이가 벌어진다는 거요
바로 그렇소 숭고하고 은밀한
부부차차! 검은 곰들의 심장이 뛰는 이곳에서 말이오

꽃의 역사

한여름 꽃과 바람의 전쟁이 한창일 때 동료 전사가
적국 여인의 손 하나를 주었지

처녀의 손가락을 붙인 방패*와 흑요석 칼이 있으니
더 이상의 적수는 없었지
장미국에 평화가 오고 사슴뿔이 붙어 있던 내 방문에는
가늘고 흰 손이 걸렸지
먼 숲의 나팔 소리 벨벳 창문을 흔드는 저녁
애너벨, 그녀의 손이 장밋빛으로 물들 때

나는 한 번도 손톱을 세운 적 없었지

몸 밖으로 나온 적의는 생을 견디는 뿌리의 속임수일 뿐
장미가 가시를 세우는 방식은
울음소리를 죽인 입에 한 겹 한 겹 빛과 색의 문을 다는 것
그것이 열리지 않는 우리들의 의미
순진한 처녀였던 내가 사슴 숲의 나팔수와 통정한 뒤
손톱이라는, 창검이 되지 못한 입술의 비밀을 벗길 때

태양신전에 바쳐진 장미, 그 빛은 거두어지고
방문에 걸려 울던 처녀의 흑요석 눈동자도 사라지고
색과 향, 자결만이 허락된 적국의 땅
꽃이라는 감옥에 유배되어 온
분홍 손톱의 역사, 우리들의 이야기

* 아스텍 사람들은 죽은 처녀의 손가락을 방패에 붙이면 그 손가
  락이 자신을 지켜 준다고 믿었다.

달의 몰락

부푼 암여우처럼 비린 달, 한 입 맛보련?

청동거울 속, 눈도 뜨지 못한 얼굴 북두칠성 꼬리 같은 귀

녹슨 볼 한쪽엔 분홍 포탄 한 점 숨어 있었나이다

노모는 머리칼 뭉쳐 팔 다리를 잇고 칠성별로 눈을 박았으나

문 밖 벌거숭이들의 초록 입술, 더운 심장은 누가 구해 오나

신물 대신 꽃을 따준 언니들 손가락에 열린 구리 반지

날치처럼 파닥거리고 짐승처럼 어르렁거리니 얼음에서 피로

돌멩이에서 뼈로 몸 바꾸며 울던 날이 깊어 갔나이다

나무를 오가며 바람 구름 거둬 먹이던 능금 집 늙은 봄, 갸륵도 하여

분홍이 썩어 달의 눈을 쫙 찢었나이다

눈부신 여우 한 마리 능금나무 사이로 걸어 나올 때엔

모든 빛이 거두어지던, 달의 본영에 든 노파가

누더기 몸에 불을 놓던 순간이 있었나이다
물고기가 마지막 지느러미 펴듯 꽃의 핵이 폭발하듯
한 뺨이 철렁 거울의 중심을 쳤던 것

마침내, 나무의 시간마다 맺힌 달의 눈물이
뎅그렁, 붉은 허공을 쳐올렸던 것

어디 입 한 번 크게 벌려 보련?

고양이 깡통에 얼굴을 묻다

고양이 깡통에는 대상을 비출 수 있는 은총이 반짝거렸다

내 눈이 고양이처럼 빛나던 때가 있었다

너희는 뿌리 없는 꽃 낯선 곳에서는 눈을 감지 마라
고양이 한 마리
밥그릇에 비친 신의 얼굴을 핥으며 울고 있다
누가, 이 골목의 무료한 백성들을 체포해 고문을 하나
나는 바람난 애인의 그림자를 뺨에 가두고
뒤뜰로 들어가 고양이 깡통에 얼굴을 박는다
이방인에게 홀린 언니는
덜컥, 눈꺼풀의 마력을 잃고 피 칠로 돌아왔다
그녀의 피를 찍어 바른 내 눈에 불이 붙어
타들어가던 얼굴을 꽃 막대기로 뒤집어야 했다

애인을, 유배지의 문간방에 밀어넣고 돌아와
고양이 깡통 속 눈물을 읽는 시간
골목에는 장미가 태어나고

내 연분홍 입술 미간은 지워지고
야옹, 장미의 눈 속에서 자라난 붉은 것
지루한 이승의 떠돌이가 된 작은 별들

폭발할 듯 넘치는 빛이 돌아
밤마다 너무 많은 관념들을 읽어내야 하는

내 눈이, 고양이처럼 슬플 때가 있다

뱀가죽 부츠

누군가 내 멱살을 잡고 가 구둣방 한쪽에 던졌다
저녁의 잇몸 사이로 진분홍 향기가 빠져 나가고
별빛 아래 춤추던 정강이의 음률이 사라지고

구두공은 반짝이는 에나멜 구두에 홀려
신과의 서약에 쓰일 내 발굽을 고쳐놓지 않았다
밤새 오두막 굴뚝 위로 피리 소리가 들려왔다
나는 딸기맛이 배인 발자국을 벗겨 냄새를 맡았다

질질, 또 누군가 끌고 가 길 가운데 세웠다
구름계단이 흔들리는 골목을 지나 까치산 비탈로
베르네 천변으로 긴 그림자를 끌고 가는
나는 게으름뱅이 구두공의 연인

그만, 울지 말아라 붉은 목젖

무심한 구두공은 푸른 이무기가 품었다는 꽃신을 메고
장거리로 나간 뒤 돌아오지 않고

승천할 듯 내 발은 몇 번이고 허물을 벗었지만

다시 꽃 피지 말아라

사랑할 땐 온몸이 자궁이 되어 친친 애인을 감는
이 발칙한 모가지

북극곰처럼

당신은 한 마리 북극곰처럼 슬픔을 씹어먹는다
김이 오르는 황혼의 선지 한 그릇을 말끔하게 비운다
이 목젖 뜨거운 만찬은 준비된 것이 아니다
얼어붙은 도시의 뒷거리를 어슬렁거리던 당신은
검은 비닐봉지를 손에 들고 굴 속 같은 은둔지로 돌아오
는 중
찢어진 봉투 속에는 우리의 엉덩이 같은 복숭아가 무르
고 있다
당신은 중력을 잃고 스러져가는 꽃의 성체를 들여다보며
생각한다
나무에 리본을 묶던 기억과 그 그늘 아래 숨을 거두던 노
루의 눈
어느 밤 당신은 쓰레기통을 뒤지는 고양이처럼
꼬리를 세운 제 그림자에서 그 눈을 발견하고 울컥 서러
울 것이다
분홍 뺨이 턱수염으로 덮여가는 당신의 저녁
노루의 안마당에는 엽서가 쌓이고 고양이 깡통에는 별이
빛난다

길 잃은 고래를 찾기란 당신이 걷기를 나는 것만큼이나
거룩한 일
유빙을 타고 아무르 강 어귀까지 갔던 당신은
마침내 할딱거리는 허공의 심장까지 손을 뻗는다
당신의 동맥을 타고 내리는 천상의 나팔 소리
너무 깊이 왔다
나는 달동네 쪽마루에 엎드려 긴 일기를 쓴다
어둠 곳곳에는 우리의 잇자국과 침 냄새가 배어 있다
내 혀에서는 쇠종이 울고 당신의 턱수염에선 석유 냄새
가 난다
그렇게라도 가슴 속 만년설을 녹이려는 듯
고래섬 너머 불타는 도화원에 닿으려는 듯
리본을 벗겨 반쪽의 달, 검푸른 고양이의 눈을 올려다보
며
또 한 끼의 밥을 먹는다
어둠의 심혼이 복숭아꽃처럼 피어나는 순결한 북극의 밤

그리운 늑대

저녁이면 염소들의 척추에서 늑대가 운다

늑대는 달을 업고 염소는 늑대를 품고 거위는 염소를 물고
외로운 벼랑, 종을 초월해 온 족속들은
두려움을 이길 제물이 필요했을 터

헐은 술집, 건달들의 손에 꽃잎이 파닥거릴 때
연두가슴, 장미 부리로 달빛을 기다리는 미란다*
처음 그녀가 '푸른 어머니 별'을 노래했을 때
사내들의 음지에도 거위의 눈썹 같은 등이 켜졌을 터
페티코트 속 창자를 물어뜯던 진한 피의 울음소리는
제 안의 비탈과 고원을 파헤친 후 골목으로 뛰쳐나왔을 터
트럼펫 소리와 함께 그녀의 서커스가 끝났을 때
별들은 금빛 허리띠 사이로 흘러갔을 터
염소들은 수박냄새 나는 심장을 문지르며 촛불 주위를 돌
았을 터

나는 빈 집을 지키던 착한 거위 아가씨

사내들의 흰 손톱과 부드러운 귓불에 취해 장미나무에
불을 놓은 자
　수천 년 물려받은 그이들의 정표, 원피스를 찢은 죄로
　황금시대가 가고 꽃들이 사라진

　빛도 냄새도 없는 이 골목을
　크후우 울며 떠돌고 있는 것일 터

＊ 소도시 술집에서 춤도 추고 노래도 부르는 무명 여가수.

가방

한 사내가 가방 속을 걸어 나와
길 안으로 사라졌다
이 낡은 여행가방, 서른과 스물
끝없이 발걸음을 떼어야 하는 마흔에도
옆구리에 단정히 붙어 있었다
가방으로부터 해방된 저녁
정거장엔 버스를 기다리는 추억들이
어둠과 부딪치며 소스라치곤 했다 가방 속
손거울로 과거를 비추어보려 했지만
좀처럼 가방은 입을 열지 않았다
위경련에 시달린 날, 거리에는 입 벌린
눈 번뜩이는 무수한 가방들이 보인다
그럴 때면, 늑골 속
단단하게 굳어진 길 하나가 만져진다
뚜벅뚜벅 누군가 다시 가방으로 들어간다
곧 문이 닫히고
그를 둘러싼 촘촘한 길들이 일제히 지워졌다
머리맡에 잠든, 수없이 눈물로 채우고

엎지른 적이 있는 가방

구렁이와 하이힐

소년은 수레에 실려 갔다 했다
무심한 바퀴에 실려 꿈틀, 하다 잠잠해지더라 했다
내가 주홍 구두를 품고 첫발자국을 준비하던 밤
앵두나무는 독 오른 뱀처럼 카랑거렸다
나무 아래 칼을 묻던 밤 꽃구두엔
먼 곳으로 떠나는 소년의 슬픈 몸이 감겨 있었다
구두굽처럼 아찔한 봄을 보내며 나는 여자가 되고
사내들의 팔을 끼고 팔랑팔랑 꽃놀이도 갔지만
아득한 시절, 그가 낳은 앵두의 얼굴을 닦아주고 싶었던

그 밤엔 도끼질 소리와 끌려가는 무언가의 울음소리

구두를 앗아가려는 어둠과의 암투가 이어지고
내 속의 우물에는 채찍질이 끊이질 않았다
숨고 싶었다 내겐 앵두나무, 달아날 수 없는 붉음
나선형 자궁을 뒤집으며 꽃들이 북진하는 유혹의 계절
여전히 나는 진주홍 이빨에 목을 물린 계집아이 같아서
턱수염이 돋기 시작한 나무의 밑동에 고양이처럼 앉아

멈칫멈칫 덮쳐 올 그림자를 기다리고
또각또각 파다닥 앵두꽃 같은 발자국을 물어뜯고

서커스

내 몸은 가끔 절정을 열정으로 이해하죠

밥 먹었냐는 물음을 새 애인은 어때? 로 받아 적으니
뿌리 무성한 당신이 빠져나간 듯 환해지데요
당신이란 가시를 품은 내 이름은 분홍장님고래잖아요
못을 꽃으로 모독을 고독으로 받아들였잖아요

당신이 살지 않는 내 눈
타자 치는 물고기와 격렬한 그리움이 사라진 망망대해
옛 애인들은 내 눈의 선인장 따윈 잊고 병정놀음 중이고
이젠 아무도 '사랑스런 핑크' 하고 불러주지 않는데
앙칼진 눈물로 당신을 흘려 보내다니요

당신은 내 문을 나갈 때
히아신스의 보랏빛과 염소의 순진함을 가져갔나요
또도도 똑똑 물고기의 타자 소리
그 낭랑하고 다정한 모음도 데려갔나요

누군가 밥 먹었니? 물어오면
철탑 위에서 부둣가에서 푸른 잉크병 앞에서
생각에 잠기는 동그란 무릎과 발칙한 눈
실시간 당신들의 무료한 빈자리로
사뿐사뿐 카웅, 아찔한 삶을 전송하는

나는 줄 위의 고양이

제3부
램프의 배후

손톱달

그믐밤, 손톱을 깎는다
하모니카 불던 저녁엔 누군가 향낭을 빠져나가고
이른 아침 내 손가락은 붉게 피어 있었다
쇄골이 드러난 달은
내가 한쪽 허리에 품고 살던 당신의 옛 이름
당신이 흘리고 간 머리칼이 친친, 국화 베개를 감았을 때
빛을 쓸어 담듯 자루 가득 손톱 조각을 모았다
꽃의 몸 어디엔가 조용조용, 무언가 자라고 있어
작약 뿌리를 먹고 눈 먼 뱀이 달을 향해 울고
새들은 또 한 세상을 부수며 날아갔다
당신을 생각하지 않아도 물컹
꽃 냄새가 묻어나는, 새로 보름
푸른 뱀의 눈물자국이 사방으로 번져 갈 때
국화도 작약도 잠든 화단, 당신의 허물 위에 앉아
하모니카 분다
다시는 아프지 말자고, 톡톡
움푹 깎여나간
달을 본다

첸지링*

피칠을 한 물고기가 능금나무에 걸려 있다

단발머리 계집애가 울고 있는 사이
낚싯배를 따라 고양이가 떠나고 새장이 비워지고
별자리에 묶인 당나귀 눈빛만이 따뜻했다
마경魔境에 몇 번, 돼지머리와 유리구두가 지나간 후
자루에 담긴 봄은 다시 문드러지고
도둑맞은 언니는 수귀水鬼에게 먹혀 가던 아름다운 하체를
제일 높은 가지의 바람에게 주었다

당나귀에게만 보여준 두려운 몸

당나귀가 핥아준 비린내

능금 썩은 내에 취한 움막이 버둥거릴 때
다섯 살, 당나귀를 팔아
징그러운 아랫도리와 바꾼 어린 계집애는
불거진 등에 수금을 지고 파닥파닥

붉은 고개를 넘었다는데

* 아일랜드 요정들은 인간을 탐내서 어린 아기를 훔쳐 가고 대신
  못생긴 그녀들의 아기를 남겨놓는데 그런 아이를 첸지링이라
  부른다.

늙은 건달의 블루스
— 등대

사내는 '트렁크'라는 쓸쓸한 말에 주문을 건다

3월의 바다는 차고 건달의 주머니는 뜨거워
지퍼를 내리면 밀림을 뚫고 온 코끼리가 걸어 나온다
움막을 떠난 사내의 삶이란 얼마나 거침이 없었더냐
다만 뺨이 흰 새와 산딸기 화관이 빛을 잃어갔을 때
물새 여인과의 봄날을 탕진하고 등대로 숨어든 그의 저
녁이
그녀의 체액처럼 비려오기 시작했을 뿐
트렁크를 열면 딸기나무와 기타 소리와 패잔병의 훈장이
들어 있지만
일생 그림자를 품고 뒷거리의 달빛을 삼켜왔던 그는
늙어 가는 한 마리 들개일 뿐
심지가 다 닳은 화부의 일이란
해변에 버려진 꽃무늬 파라솔의 열매를 줍거나
새가 날아간 바다를 바라보다 한 점 풍경으로 얼어붙는
것
그때쯤엔 고드름 박힌 그이 귓속에도 자글자글 기름이

끓고

그를 부르는 엄숙하고 부드러운 목소리가 들려왔던 것
이다

간밤엔 얼룩말 무리가 기타 소리 가득한 안마당을 지나
고

그는 쇠갈고리 손을 뻗어 무인고도의 아침을 닦아놓았
다

평화로워 보이는 그들에게도 헉헉 정수리까지 숨이 차
도록

달리고 물어뜯어야 할 야성의 법칙이 숨어 있음을 알기
에

그는 온몸이 붉게 지치도록 심지를 돋우려는 것이다
제 안의 나무딸기를 곰곰 익히려는 것이다

그의 턱 밑으로 곧 소풍객들이 밀려올 것이다

머나먼 부에노스아이레스

사내는 묵묵히 아코디언을 켜고
먼 나라의 무희였다는 아가씨는 능금을 팔았네

나귀 등의 썩은 사과 한 망태면 그의 비탈진 곡조도
이국인 여자의 깃털 원피스도 미끄덩 넘어갔다는데
아이 참, 흉측한 빛이야, 활짝 벌어진 내 몸을 타고
사뿐사뿐 나귀가 오네

상처의 미래는 꽃, 객창의 등불은 흔들리고
홀로 남은 사람은 붉게 핀 꽃을 등지고 우네
바다로부터 돌아오는 노래 소리를 들으며
나는 홀짝홀짝 나귀 등의 패랭이를 핥아먹고
당신은 사각사각 청사과를 깎네
울렁거리는 내 몸의 플랫폼마다 콕콕 칼을 꽂네

나귀도 나도, 한 조각 사과의 슬픈 빛
바다로부터 왔다는데
궁둥이 푸른 사내와 능금 궤짝을 실었다는 배는

바람 속 이야기로만 떠돌고
그리운 항구의 도크는 열리지 않네

얼룩진 깃털 하나 홀홀 어둠 위로 떠가네

사슴가죽 신발

맨발 눈부시던 날 숲으로 갔죠
난 초록빛 발을 가진 조그만 여자
늪가에서 만난 소년을 먹었죠 취했죠
턱이 붉은 새가 날아갔죠

어머닌 내게 부드럽고 견고한 삶을 주문했죠 물려받은
양철구두는 권위적이고 애인이 주고 간 흑단나무 신발은
붉은 턱새의 눈물 맛에 젖어 살았죠 난 풋콩 같은 발톱과
발랑발랑 뒤집히는 바람의 척추와 패랭이의 혀를 가진 여
자, 사냥에서 돌아온 남자들은 내게 흰 천을 씌우고 창을
던졌죠

슬플 때마다 내 발은 흙냄새를 풍기죠
독풀처럼 자라나 온몸을 덮어버린 발가락들
늪이 이빨을 드러내고 숲에선 울음소리가 들려왔지만
순결한 원피스를 더럽힌 나는 집으로 갈 수 없죠
푸른 말코사슴과 비밀의 숲, 발끝을 세우면
콩줄기를 처단하는 사냥꾼의 노래가

유쾌한 신들의 저녁이었죠

말뚝

거미는 식사 전 먼저, 제 먹이에 말뚝을 박는다 하네
60년 전 이순녀의 몸에 말뚝이 박힌 순간 그는 태어났네
광부였던 시절, 말뚝을 따라
밖으로 나온 그는 사는 날까지 말뚝을 쳤네
그의 말뚝박기는 어디든 거침이 없어서
서너 명의 여자에게 같은 말뚝을 친 적도 있었네
주인을 둘러싸고 자리다툼을 하던 한 여자는
원홍저수지의 두꺼비처럼 퉁퉁 부어 떠올랐네
뱃속에는 그의 망치질을 증명하는 핏덩이가 웅크리고 있
었네
가끔은 잘못 박힌 말뚝이 꽃을 피우기도 하네
애인의 이정표를 따라가다가 마음 끝에서 길을 잃었을
때
사랑하는 일 또한 말뚝의 소통일 거란 생각을 했네
땅 밑에는 말뚝의 뿌리들이 발가락을 부비고 있을 것이
네
두근두근 몰래 박는, 길을 잃지 말라 응원하는
두고 볼 거라 경고하는, 제것이라 공표하는

우린 모두 말뚝숭배자인지 모르네
실한 뿌리를 내리지 못해 옮겨 다니는 것일 뿐
평생, 말뚝 박는 일을 업으로 삼았던 그는
지상에 말뚝 하나로 남았네
볕 좋은 휴일 오후 그의 후손이 이장 터를 파고 있네
사후에도 그는 이곳 저곳에 말뚝을 박는 모양이네

고강동의 태양

푸르고 붉은 지붕들 태양연립 은하슈퍼
바람 돌아가는 모퉁이 금성여관 턱밑에는
노인이 꽝꽝 못 박아 걸어둔 전구가 있다
560번지 사람들은 그 아래서
부고장이나 밀린 고지서 등을 읽는다
바람 속에 한숨 넣어주며
비행기들이 낮게 나는 하늘 한쪽
새들과 같은 방을 쓰는 노인을 보고 개가 짖는다
저 울음을 따라 흘러가고 오던 빛들
그을린 얼굴의 해가 천장으로 숨어들면
잠시 벗어놓은 어깨의 푸른 멍울이
별 대신 뜨는 이곳, 02호
지하방에 서식하는 내가 어둠을 퍼올릴 때도
전구는 얼어붙은 길을 풀어내고 있다
떠나 있던 새들이 빈 방으로 모여든다
일성전기 전깃줄에 감긴 사십 년 시간을 지나
복지회관 쪽방에 남은 박노인 눈 속의
일렁거리는 불빛, 그 등 앞세우고 노인은

70년 동안 걸어온 길을 되돌아갔다
새들이 찍어놓은 발자국들이 뒤를 따랐다
손에 든 부고장에는 지상에 없는 주소가 적혀 있다
누군가 그리우면
사람들은 달은 두고, 금성여관
턱 밑에 달랑거리는 전구를 바라본다

하프엔젤*

목련나무 뒤에 숨은 초록지붕은 춤추는 집

내 가려운 겨드랑이를 조물거리던 네가 떠난 뒤
유두가 부풀던 날의 비밀 수업
피라미 수준이었지만 곧 물이 올라 바다로
그 너머의 세상으로 갈 것이었다

우리는 하류들이었다

폐광촌, 검은 하천을 떠돌던 아비들의 자식이었지만
마침내 황금물고기를 지고 그들이 돌아온 저녁
철망을 넘어온 키 큰 새들에게 아무것도 묻진 않았다
우리 모두는 미래라 불리는 푸른 지느러미를
우리와 꼭 닮은 은하계, 그곳에 두고 왔다고 믿었으므로
정수리까지 당겨 묶은 노랑 머리채
나비 핀을 뽑으면 살갗을 뚫고 올라오는 비린내

술술, 별빛을 타고 풀리는 내 머리 풀기

낚시꾼을 태운 꽃배를 먼, 더 먼 북쪽 하늘로 보낸
어머니의 눈에는 이미 붉은 바다가 가득했다

새하얀 튀튀를 입은 목련의 스핀
범람하는 침묵이, 꿈틀거리는 집들을 삼키는 걸 보며
오래오래
허리, 궁둥이를 흔들었던 우리들의 마지막 수업
춤추는 물고기들의 시간

* 쉬클리드과의 열대어.

단풍나무 기타

내 혀가 팔색조보다 다채롭고 리드미컬하나
내 귀가 티티카카, 호수보다 깊고 은밀하다고 하나
이 두 눈이
거룩하여 명주실보다 섬세하다고는 하나
꽁꽁 묶인 채 머릿속에 갇혀 있으므로
나는 매일 밤 눈 속의 실을 뽑아 거푸집을 짓는다
내 뼈가 장미나무보다 단단하고 그윽하기는 하나
내 피가 노루보다 뜨겁고 붉다고는 하나
유랑의 봄과 일몰의 언덕을 잊고 벽장 속에 누워 있으므
로
나는 때때로 변두리 여가수의 배꼽을 빌어
잃어버린 숲의 바람이나 배고픈 노루 떼를 풀어놓는 것
이나
노루 피가 키운 아네모네
그녀의 심장 소리에 맞춰 춤추는
야성의 발가락과 자줏빛 손톱을 길들여온 것이나
동전 몇 닢에 뎅그렁 뎅그렁 나의 별과 자유를 잃고
그대 수줍은 볼우물을 눈물로 메우고 떠나왔거니

나는 유배지의 연금술사 주저앉은 어깨를 열어

노루발의 그리운 피 냄새를 떠올려 보는 것이나

꿈꾸는 다락방, 잊혀진 나의 별엔

초록의 입술자국과 네 쨱쨱이는 웃음소리마저 지워졌거
니

사과꽃 램프

식탁 위의 사과 한 알 등불처럼 흔들리는 저녁
어머니의 칼이 길을 트자, 종소리가 흩어졌다

헛간 뒤 사과밭 묘지, 봄에도 꽃 피지 않는 아버지의 나무
세잔의 열망도 파리스의 영예도 없이 침묵으로 돌아온 자
식들
나무 아래 굽은 등 포개며 11월의 바람 소리를 듣는다

사막의 외딴집엔 마르지 않는 우물이 있다는데
이따금, 거친 두레박의 울음소리가 들리고
어머니의 백학과 오라비의 목검이 부딪히고
어쩌면 검은 목젖을 부풀려온 이 목마름의 근원도
저 속, 말라죽은 아버지의 뿌리인지 몰라
우우우 턱을 쳐올리면 묘지기의 푸른 눈동자에
혹, 연분홍 꽃잎을 새겨 넣는 늙은 나무
겨드랑이의 노랑부리는 아직도
붉은 꽃냄새에 갇혀 울던 옛집 버리고
나귀 등에 오르는 꿈을 꿀까

칼을 물고 올려다본 고목에서 툭, 풋열매가 터졌다

식은 저녁 식탁 위, 죽은 꽃이 피운 생비린내
잊었던 사람의 눈빛처럼 뜨거운 램프 하나 덩그렁!

붉은 방

풍금새의 노래가 늑골 깊이 흘러들었다
열망을 바닥내고 찾은 밀밭주유소
옛사람을 닮은 벌목꾼이 톱질을 하고 있다
나비 같은 톱밥이 흰 치마에 내린다
레이스 안쪽에 방을 앉히고
나는 사내를 끌어들였다
기름을 넣던 손이 식을 무렵 벌목꾼이 떠나고
태아의 방엔 피라미가 끓는다
내 사랑은 새의 날개보다 뜨겁고 허리는 붉다
내 눈물은 꽃나무 대신 몽환의 숲을 키우고
애인의 입김이 닿지 못한 악보는 비루하다
사내를 보내고 나는, 죽어가는 꽃들을 지켜봤다
내 안에선 이제 새가 울지 않는다
빈 조롱이 시신을 수습해 밀밭으로 던질 때
나는 숨죽인 것들의 어미, 조용한 방 주유구를 열어
단물 빠진 즙이라도 짜 먹이고 싶어진다
캄캄한 방문마다 펄럭이는 깃발을 꽂고
우리들의 오지, 나비 떼 환한 불의 숲으로

마지막 바퀴를 굴려가고 싶은 것이다

말라가시아*를 경배함

운다고 다 우는 것이 아니다**
익은 능금을 쪼개자 잘생긴 사내가 걸어 나왔다
이것은 나무가 일러준 이미지를 따라 연필이 세운 한 줄
의 뼈
두 쪽 엉덩이로 수백 가지의 이야기를 써먹은
문래동 복숭아 아가씨는 진물 흐르는 과일 한 조각의 맛
을
우리가 보는 춘화 12쪽에서 느낄 수 있게 했다
안개 속으로 돌멩이를 던지려는 사람이라면
발가벗겨져 연홍 실루엣 밖으로 던져지기 전
실체를 가장한 그 집의 궁핍함이나 공허함을 눈치챘어야
했다
내 집 진창에 뿌리 내린 바람의 망토 자락이나
수직으로 떨어지는 새의 슬픔을 받아 적지 못하므로
나는 오래 전 이별한 애인의 이름을 끌어들이고
말라죽은 앵두나무를 들먹이며 신경질적인 허리 한편에
지느러미를 붙였다 떼었다 수작을 벌이는 것이다
이렇게 질금질금 콧물을 빠뜨리다가는

종 한 채에 담을 울음소리를 언제 모으나
능금 인간이 삐뚤빼뚤 제 이름을 그리는 동안
내가 앵두나무의 배꼽을 눌러 만년필에 채울 눈물을 짜
는 동안
몸으로 두엄을 놓던 과수원집 사내는
제일 깊은 상처를 숨긴 능금꽃의 중심을 벌리고
신발을 벗는데

* 마다가스카르의 시인.
** 아쟁 작곡가 김일구의 말.

밥집의 에우리디케*

오쇠동 13-2 양철지붕엔 구두 한 짝 앉아 있지 절름발이 주인이 목발을 괴어주고 떠났다는 집 처마에 들면, 어둠 속으로 빨려들던 몸의 신발을 벗겨, 국밥집으로 간 그녀를 들을 수 있지

독거 중인 구두가 내는 소리와 빛은, 손님을 물리고 홀짝이다 뽑아 올리는 그녀의 가락과 입술색, 그 입술은 불탄 집 잿더미에 피어난 페튜니아 금관악기 같은 꽃

해진 부츠를 끌고 간 삼거리, 국밥 한 그릇을 놓고, 누군가 벗겨놓은 알몸의 여자를 듣고 있으면 그녀보다 반짝거리는 에나멜 구두가 사고 싶어지지 벌쭉벌쭉 피어나고 싶지

바람이 거칠어지고, 지붕을 발랑 뒤집어놓은 그녀의 노래 소리, ‘뒤돌아보지 마’ ‘돌아보지 마아아’ 새빨갛게 타는 그런 날은 내 속 페튜니아, 몸통보다 커진 입술을 믿지 않게 되지

* 그리스 신화 속 오르페우스의 아내.

제4부
다시 피어나라 당나귀

불멸의 원피스

잠자는 다락방의 숲, 가문비나무 밑
검은 신발 벗어놓고 누군가 달을 넘는다
원스텝 투스텝
꿈꾸는 풀꽃 레이스, 날아오르는 가죽 부츠
달빛을 모으며 춤추던 원피스를 찢어도
신비로운 우리들의 숲은 무성한 메시지를 키우고
얼굴을 가리고 팔려가는 신부
숲의 회전문에 앉아 뜨겁고 붉은 오줌을 눈다
달옷을 벗으면 구천구백 페이지를 넘기며
천형의 환부를 드러내는 아름다운 릴리스*
에덴을 떠난 낯선 자여 돌아보지 말아요
꽃 같은 죄수를 싣고 이야기의 마차는 밤을 건너고
영혼을 팔던 우물가 비밀을 감추던 발끝에도
천 송이 만 송이 꽃은 피어 우는데
원 투 다시 핑그르르, 어느 신일까
달콤 서늘한 동화책 속으로 우리를 옭아매는 이는

* 이브 이전의 여자.

아드울프*

그 방에 가려면 붉은 꽃잎이 새겨진 깊고 뜨거운 문
　지상의 마지막 계단을 지키는 울프의 눈동자를 통과해야
한다

　신체의 중심부를 내어주고 얻은 당신의 셋방
　생선대가리와 환부를 닦아낼 거즈와 월계수잎을 문 귀가
길
　울고 있는 당신의 심장이 풍조처럼 어여쁘다
　푸아그라, 거인족 손톱에 패랭이를 섞다가
　무당의 처방전을 찢고 눈동자에 체크인하는 나는
　언제 새처럼 순해져서 문간방 너머 하늘로 날아가나

　먼 시절의 우리는 천사였다

　그러다 나는
　천명이 다한 당신의 빛과 색이 되어야 했다
　그러나 태양을 향해 뛰어오른 순간 시력을 잃고
　밤마다 눈을 찌르며 여행자의 피를 뽑는 아드울프

위대한 꽃말로 위장한 몸에서 욕망의 썩은 내가 진동하
는
　나는 이 구역의 떠돌이일 뿐
　어느 순간 당신의 심장을 낚아채 눈꺼풀 밖으로 빠져나
가는
　나는 사라진 어느 인류
　마지막 제단에 바쳐진 아름답고 교활한 장미
　물고기 뼈와 제 독에 취해 쫓겨간 오벨리스크
　잊힌 듯, 다시 손톱 끝의 꽃대를 세우는
　고독한 마녀

* aardwolf, 땅늑대, 하이에나과의 포유동물.

노새들

네발로 달려온 여자들이 목을 축이고 있다
푸른 우물 옆에 갈기를 누이고 스타킹을 벗어
수많은 행성을 지나온 발의 못을 뽑는다
단봉낙타의 봉처럼 굳은 등을 훑으며
언젠가 돋을 날개자리 가득 달빛을 받는다
봉오리 부푼 시절, 이미 짐꾼이 되었던 그녀들
미끈한 다리를 꺾어 짐 싣는 모습 낯설지 않다
보퉁이 몇 개는 청춘의 한때를 절망으로 바꾸기도 했다
우물을 들여다보던 또 몇은 어디론가 사라졌다
우물만이 등 굽은 여자들의 슬픔을 알고 있는 듯했다
몸 바같은 사막, 하늘엔 물집 같은 별이 떠 있고
모래 언덕 한쪽에선 오늘도 선인장꽃이 핀다
제 몫의 등짐을 지고 모래폭풍 속을 떠돌기도 했지만
날개는 돋지 않았고 우물엔 꽃잎이 쌓여 있었다
길을 잃고 휘청거린 날들이 지도처럼 등에 음각될 때
다시 방울을 울리며 사막을 달려야 하나보다
노란 물집 위에 새로 박는 편자 소리가 울려 퍼진다
아비와 오라비는 반듯한 등으로 세상을 건너라 하고

우물처럼 패인 눈으로 히힝히힝 그녀는 울고 있다
아직 젊거나 이미 늙었거나
낙타의 봉처럼 내려놓을 수 없는 짐을 진 저 여자들
모래바람 속 또 다른 별로 흩어지고 있다
내 어깨 위로 발굽소리 지나간다

꽃 내장탕

홀딱 넘어갔단 말이지

헤시시 옥문이 열리더란 말이지
마당에서 졸던 너구리가 샤랄라 항문을 부풀리는데
나는 울컥 육욕을 느껴
홍릉식당 마루에 앉아 매운탕 한 그릇과 천국天菊 몇 잔
을 비웠지
고개를 들면 물고기 떼가 주홍빛 지느러미를 치고
화부花夫의 자전거는 취한 바다를 건너가는데
그의 등 뒤에 앉아 나는 귀신고래의 피리 소리를 듣는데
석쇠 위에선 한나절 꽃의 일대기가 구워지고
너구리의 그물에는 나비들이 붕붕거리는데
묵묵한 나무의 애가 탕 속에서 끓어 넘치는데

꽃의 내장이 질기더란 말이지

말캉말캉 넘어올 듯하다가도 뿌리를 물고 늘어지고
배를 뒤집은 꽃잎이 하르륵, 또 별안간 떨어져내려

무심한 고래는 나를 홀려놓고 가더란 말이지
수십 년 졸아든 내 눈물도 비리고 싱겁더란 얘기지
그렇게 피리 소리도 없이, 위태로운 가랑이 사이

멀건 꽃을 피우고 있더란 말이지

‘셀비’라는 이름의 얼룩

　　당신을 불러들인 건 등의 얼룩입니다 멍 자국이 자라 곰
곰 깊어진 내 얼룩 속으로 당신이 하르르 쏟아진 탓입니다
　　당신을 안은 건 자루 같은 얼룩의 입술, 소소한 탄성, 당
신을 깨물었던 얼룩이 종소리처럼 파열됐을 때 할머니와
그의 할머니들이 돌무덤을 나와 돛배 같은 안장을 얹어주
고 사라졌지요
　　얼룩은 늪이 되어 소리를 읽고 만灣이 되어 너풀너풀 낡
아갔지요 산비탈의 암노새 ‘셀비’도 시장 바닥의 아낙도
유리 골목의 창녀도 작은 등의 얼룩에서 나왔죠 얼룩을 키
운 등은 해진 가슴이거나 짚풀 똬리거나 충혈된 아랫몸
　　수많은 얼룩 속, 첫 흉터가 닻을 내리지 않은 건 늪의 도
처엔 당신들이 물옥잠처럼 자라고 있다는 걸까요 나의 딸
이 그 딸의 딸들이 얼룩을 피우고 검은 자루를 차는 수천
년 생의 비밀이 무한하다는 걸까요
　　등짐을 내리는 노새의 얼룩에서 마가렛이 집니다 나는
오래도록 꽃가루를 받아먹습니다 꽃 지는 이 저녁을 ‘셀
비’라 부르고 싶습니다 ‘셀비’는 우리를 지탱해 온 마가렛
보다 섬세한 등뼈

오래된 상처로 큼큼 삭았다가 꽃으로 피어나는 무연한
얼룩들의 이름입니다

살랑살랑 뚜루뚜루뚜

드문드문 가내공장이 있는 변두리 정류소 건너편
여인숙이 숨은 골목에 수리점이 있다
가끔은 은발의 사장이 부르는 옛노래나
어린 직원의 순애보가 눈물겹지만 나를 흔드는 건 언제나
버스가 쏟아놓은 부푼 풍선 같은 연인들
옛 코드를 알까 구석의 턴테이블이 돌면
백구두 나팔바지, 두근거리던 시절이 있었음을
기억해줄까 퇴근길, 선술집을 나온 사장은
베고니아 등이 켜진 여인숙 모퉁이를 서성대고
노랑머리 직원은 형광빛을 좇아 시내로 간다
내게 연애는 버스 꽁무니의 여운 같은 것
몇 박자씩 목을 꺾은 버스가 내리막을 달릴 때면
울렁이는 상처에 땡강땡강 금이 가기 시작했다
매캐한 울림은 또 다른 흉터를 만들었다
서넛의 남자를 만나고 이별하는 동안
난 소리로부터 멀어져 갔다
가방을 열면 엠피쓰리가 만져지지만
다시 소리내어 울기엔 너무 많은 고개를 넘어온 것이다

낡은 여인숙 창가에 베고니아가 지고 되감아도
'갈대의 순정'이 미끄러지는 운산로 2가 뒷길로
마지막 버스가 내려와 주저앉는다
바람 빠진 풍선 하나씩 품고 돌아와
골목으로 사라지는 사람들 등이 구부러져 있다
길 건너에선 알록달록한 마음 하나 다시 부풀고

소보로 빵

군더더기 없는 빵이 먹기도 좋대요 아버진 발가벗긴 나
를 빵집 앞에 세워두셨죠 샹그리라*로 나들이 가는 오후
새끼줄에 묶인 살구나무는 끙끙 풋배를 잃고 염소를 몰고
구릉을 넘는 파티쉐 밀반죽을 주물러 오븐에 넣네요 나무
에는 분홍 원피스가 윙윙거리고 길 건너 시계포엔 해와 달
이 돌아가네요 질긴 반죽들이 매끈하고 달달한 영혼을 탐
할 때 검은 빵의 은유들이 초록의 주홍의 축포를 터뜨릴 때
스프링 염소는 짤랑짤랑 공중을 날으네요 얼레빗과 깨진
면경을 내던지며 언니도 휘청 불꽃 사다리를 타네요 아버
지가 구워낸 건 식구들이 꽃 피운 부스럼 딱지들 바람 꺼진
내 풍선도 단물 빠진 엄마도 푸석푸석 늙어 가는데 가려운
몸 한쪽 뜯어내면 보여요 유리 진열대 위 쩍쩍 부스럼 앓는
빵들, 울퉁불퉁 서늘한

* 제임스 힐튼에 의해 '지상낙원'으로 묘사된 마을, '마음의 해와
달'을 의미.

그녀의 꽃밭
— 여신들

밤이면 여자의 몸에 불이 들어온다 찌륵 찌륵 피어 우는 700만 화소의 도시 어떤 빛보다
선명한 꽃무늬 화인 배꼽 밑 라벨을 건드리면 발끈 홍분하는 그녀 포장된 유리 상자 속 시
니컬한 여자의 봉오리를 부풀리는 건 혁명 없는 골목의 변종 나비들

깜박거리던 여자의 허벅지에 홍등이 들어온다 단명의 꽃들로 유린당해온 슬픈 꽃대 길 가다 어떤 향기를 맡게 된다면 당신은 신의 꽃밭을 지나는 중이다 짓이겨진 흉터에 약을 바른 여자가 늑골 속 비단 그늘을 펼치는 순간 역사는 시작된다

누구든 그녀를 꽃 피울 수 있다 언젠가 당신의 은밀한 욕망을 열매로 맺은 적이 있는 내 캄캄한 씨앗을 슬쩍 뿌려놓고 싶은 말랑말랑 단단한 그녀의 이랑

백두조*

누군가 흰 새 하고 부르면
그리움의 동쪽, 우리들의 규방이 은밀해진다
수많은 바람과 뇌우 속을 지나쳐 온 그대이니
소나무 술병에 달이 차고 푸른 공중이 열릴 때
젊은 수탉들 속에서 발톱을 세울 일은 없음이라
눈물을 말리고 떠돌다
깊은 숲, 달 우물을 파며 자라난 꽃은
지상의 안쪽, 새의 저녁을 오래오래 품고 싶었음이라
홀로 우는 자가 새를 부르면
꽃의 북쪽, 우리들의 하늘이 쓸쓸해지고
설매 목단 황국, 철 바꾸어 색향을 들여도
새에게는 반달 눈, 첫 꽃만이 사랑이었으니
꽃가루받이의 날, 소나무 술병이 기울어질 때
규방에 꼭꼭 숨긴 이마는 검은 빛에 물들어가고
어느덧, 당신은 서쪽
달의 미간이 흔들렸으나
꽃에게는 마지막 응혈의 순간이 있었으니
다시 동쪽

우리들의 봄이 다시 붉어짐이라

* 중국, 스리랑카 등지에서 겨울을 나는 철새. 머리 흰 이 새와 목
단이 결합된 민화 속의 뜻은 오래도록 부귀를 누리는 것이라
함.

배달수 씨에게 섭외된 편지들은 어디로 갔나
— 거미

화야산 계곡에서 캐온 야생란 목이 붓는다
우편물을 실은 자전거가 61번지 비탈을 오른다
스물, 서른 지나 명치끝이 아릴 때면
수많은 경계와 이면도로, 샛길의 뿌리가 궁금했다
불안한 청춘은 배달되는 편지마다 붉은 줄을 그었다
오독의 시절이 이어졌다

생을 읽어내지 못한 눈에 곁눈이 튀어올랐다
제 길을 가지 못한 다리에 센털이 돋았다

우편낭에 실린 구근들, 간지러운 발바닥을 움찔댄다
손상된 꿈은 어디로 이식된 것일까

집 한 채가 전부인 동네, 구름이 둘러싸고 있다
테 줄을 풀어 제 몸을 격리시켜 온 주인은
나선형의 길 어디에도 답신을 넣지 않았다
팔랑팔랑 61번지로 날아간 편지들은 사라졌다

화야산 빙벽에 침을 놓던 달수씨 그 사람
어느 빈집 우편함에 번개를 치는지
머리맡의 야생란 꽃이 터진다
편지요!
옥탑방 쇠문을 밀고 거미 한 마리가 입을 벌린다

브러쉬

멧돼지 털로 만든 브러쉬를 가진 남자를 알지
거친 사막과 탐스런 달을 가진 그 얼굴을 기억하지
짝짓기에서 실패한 후 그는 눈썹을 밀어버렸지
속눈썹에서 폴짝거리던 달 처녀를 사막으로 보냈지
그녀는 봄날의 물앵두꽃처럼 떠났지
눈썹 잃은 그에게 세상은 맹수들의 전장
그에게 눈썹은 붉은 열매와 피의 어금니

남자는 앵두를 먹는 꿈으로 고독한 입술을 지켜왔지만
아침이면 나무거울 앞에서 눈썹을 그리지 크흥크흥 야성
을 복습하지
세상에 나가 있는 동안은 처녀의 둥근 방을 잊지
부푼 오월의 맛과 애인의 오렌지색 젖가슴
브러쉬는 그에게 갑옷을 입히고 창을 들게 했지
앵두나무 지하방에 짐승 한 마리 살게 했지

사막의 달은 빠르게 야위었지
어둠이 삼킨 오렌지의 상처가 드러나고 나무에는 철문이

달렸지

　날마다 짙어지는 눈썹을 깎으며 처녀에게 바칠 구름 생
리대와
　풍만한 엉덩이를 위한 언덕을 스케치했지만
　그녀의 황금빛 뒷목에 어금니를 박고야 만 남자
　브러쉬가 만든 숲에서 멧돼지처럼 그가 울지 입술의 피
냄새를 지우지
　브러쉬가 덮치고 간 황량한 얼굴을 눈물로 씻어내지

　사막에는 귤처럼 썩어가는 달의 아이들이 있고
　돼지우리 안에는 남자가 살지

악어와 꽃뱀

그 남자에겐 가방이 있지
꽃뱀 한 마리를 품어준 황금색 악어가죽
제 깊이를 모르는 가방은 종탑 밑의 물푸레나무를
종지기 여자를 삼키고 녹슨 창을, 생각을 뜯어먹었지
악어는 종종 거울에 비친 자신을 들여다보지
꼼꼼하게 박음질된 심장은 옴팔레*
한 곳을 바라보던 나른한 눈동자를 기억하지

물푸레 기둥 아래로 돌아온 저녁이면
그이와 살림을 차렸던 푸른 움막이 보여요

그의 꿈속엔 자신을 향해 달려오는 창이 있고
비단실로 꿰맨 종이 있고 노란 볍씨알이 있고
채집된 문양으로 남은 슬픈 부족이 있지
물푸레물푸레 허물 벗는 비린 여자가 있지
반짝이는 비늘옷과 가락지 한 쌍이 있지

가끔, 오거리 종탑 밑의 그 남자를 생각해요

그런 날은 고요한 가방을 열고
아직도 붉은 악어 한 마리
때묻은 구리 반지를 쑥 내밀어요

* 리디아의 여왕.

일어서라 당나귀

꽃을 먹는 저녁, 돌아왔다

천년을 부유하던 발자국과 날라리 소리

저들은 연두 주홍 자루를 지고

해옥 같은 눈을 반짝이며 이곳을 떠났었다

골반이 벌어진 일몰이 둥둥, 난장을 펼칠 때

산란중인 은어의 입처럼 벌어진 등에서 연기가 솟고

풀썩, 한 마리가 주저앉을 때

거친 사내가 앉아 있던 내 비탈에도

샐비어가 피고 만돌린이 울었다

등줄기를 흐르는 피의 내력을 내가 거역한 순간

어린 쥬리아*가 시칠리아의 오두막을 뛰쳐나온 순간

이미 우리는 무릎을 바쳐온 짐승들의 법도를 깨쳤던 것

그러므로 열망은 우리에게 혁명,

구호처럼 끓던 상처나 통증의 심장부에서 길어 올린

반역의 눈물 없이 어찌 저 꽃들을 읽을까

생식기보다 붉은 석유 주머니를 차고

돼지국밥 한 그릇과 오래된 미래를 흥정하며

족적 없는 길을 이어 가는 장거리의 저들처럼

등이 아픈 저녁, 다시 피어나라 당나귀
병든 악기와 늙은 주인을 업고 비린 밥을 삼키는
바다를 떠난 수만의 은어 떼가 강을 거슬러오고 있을
샐비어처럼 타는 이 저녁

* 시칠리아 당나귀의 이름. 자라서 무리의 여왕이 됨.

약속되지 않은 땅
—— 유미애 신작시집 『손톱』 읽기

허 혜 정

유미애의 시는 낙원에서의 타락과 추방이라는 성서 속의 이야기를 커다란 상상력의 골격으로 삼아 방황과 혼돈의 시대를 살아가는 존재의 근원적인 비극성에 대한 심문을 내보이고 있다. 『손톱』을 관통하는 시적 서사는 신과 자연, 남녀의 일체성이 파괴됨으로써 인간이 겪게 되는 혼돈과 불안, 고독을 극복하고자 하는 의지를 드러내고 있다. 무엇보다 유미애의 시집에서 먼저 주목해야 할 것은 인간타락의 근원이자 무수한 삶의 비극을 낳는 욕망의 문제다. 특히 사랑에 대한 욕망은 이성의 주파수로는 잡아낼 수 없는 복잡미묘한 감정과 예견할 수 없는 상처들로 이어진다. 그것은 불가해한 한때 완전한 행복의 거처로서 주어진 낙원의 상실과 함께, 영원히 되찾을 수 없는 낙원회복의 여정으로서의 사랑의 거처들에 대한 탐구로 이어진다.

인간이 신의 무한한 사랑을 배반하고 무한한 혼돈만이 반복되는 역사의 시간으로 내던져졌듯이, 현대인의 사랑은 사랑에 대한 지고한 신뢰를 배반한 채 관계의 불균형과 무수한 불행을 예비한다. 시인은 현대인의 삶을 관통하고 있는 일그러진 관계나 지배와 폭력으로 점철된 삶의 문제들을 낙원으로의 복귀라는 모티프를 바닥에 깔고 다양한 상처의 이미지로 주조해낸다. 특히 자연에 대한 파괴의 역사나 여성에 대한 범죄의 집단적인 망각은 이른바 개인적인 "상처의 재구성"을 통해 철저히 응시된다는 점에서 그녀의 시집 속에 드러난 비극적인 이미지들을 종합하고 통합시킨다. 그리고 시적 화자의 심리구조 속에서 인류가 관통해온 고통과 참화를 드러내는 시적 작업을 통해 시인은 분열된 존재들의 조화로운 회복을 집요하게 추구하는 것이다.

사랑은 현실의 공간에 잠시 안식의 거처를 만들지만 그 사적 낙원은 늘 이기적인 욕망과 악마적인 지배욕에 의해 더럽혀진다. 온전히 합일을 이루었던 관계는 파괴되고, 존재는 순수함을 잃어버린 채 구원이 "약속되지 않은" 땅으로 떠난다. 그녀의 시 속에서 신이 온갖 식물과 과실들로 축복한 에덴은 사랑의 꿈이 가득하던 공간에 다름 아니며, 이러한 낙원의 공간으로 귀환하고자 하는 욕망은 시인의 긴 고독과 방황, 글쓰기를 움직이는 동력이다. 유미애는 『손톱』의 자서에서 다음과 같이 말한다.

참 낡았다
집도 언어도
사랑이라 불렀던 그대들도
상처투성이 세상에 나를 남겨둔
세 남자들께 이 시집을 바친다
비린내 나는 모퉁이를 돌아
나는 또 걸어갈 것이다
살아야 할, 사랑해야 할 당신들의 몫이
고스란히 내게 남아 있으므로.

　　위의 자서에서 우리는 '집'과 '언어'에 대한 맹목적인 믿음 혹은 순진한 로맨스를 벗어난 한 존재의 상처를 응시하고 해독하고자 하는 시인의 의지를 엿보게 된다. 시인은 "상처투성이 세상에 나를 남겨둔" 존재들, 어쩌면 따스한 얼굴로 그녀를 호출했던 신이고 부모이며 연인일지도 모를 세상에 시집을 바친다고 말한다. 하지만 그녀는 왜 모든 것들로부터 버려져 이토록 고통스러운 노래를 짓게 된 것일까. 그녀의 고통의 출발점은 아래의 시에 선명하게 나타난다.

　　내 최초의 슬픔은 벗겼다는 것이다
나는 바람을 사랑했다

붉은 어깨에 새를 앉히고 파이프오르간을 연주하는

저녁 바람을 사랑하여 신성한 머리를 바쳤다

내 두 번째는 금기를 어겼다는 것이다

나는 벗겼다 당신도, 바람의 셔츠 속으로 손을 넣어

물컹한 넋을 꺼내 가는 폭우 속의 광녀를 보았을 것이다

황혼 무렵 전봇대를 흔들고 간 물결무늬 속옷과

그의 저녁을 버린 새의 눈을 보았을 것이다

사내들은 내 머리칼을 뜯으며 노래했다

애인이자 어머니인 여인들은 그네들의 한 철 정거장일 뿐

나는 바람의 두개골이 붓도록 울어주었다

날마다 나는 신의 아들을 범했으며

지하방, 어둠 속으로 끌어들여 그를 욕되게 했다

달의 눈썹으로 빚은 금줄 은줄이 끊어지고

소리의 검법을 익히던 호메로스의 악보는 흩어졌다

그는 폭풍 속으로 떠난 뒤 돌아오지 않았다

나는 정녕 나탈리 망세가 되고자 함이 아니었다

벽장 속에는 목이 부러진 기타가 있다

열여섯 앳된 생이 꺾인 채 건들건들 늙어가는 내 애인

깊은 밤

수술을 마치고 잠든 그의 곁에 활처럼 눕는다

나의 비극은

바람 소리를 기억하는 새의 심장을 가졌다는 것이다

──「나의 비극」 전문

시를 끝까지 읽어나가다 보면 그녀의 고통은 어떤 가식의 외피로 무장하지 않은 벌거벗은 인간의 순수에서 출발함을 알 수 있다. 바람을 사랑하고 신성한 사유를 사랑했던 그녀의 머리는 비극의 제물이 되었다. 이미 세상이 계율로서 내주었던 "금기를 어겼"던 그녀의 도발은 결코 행복한 결말을 예비하지 않는다. 벌거벗은 자아의 순수는 세상에서 광기로 받아들여진다. "폭우 속의 광녀"와 같은 그녀를 버리고 떠나간 '그' 혹은 세계는 자기의식 속에서 끊임없이 회오리치는 자기분열의 통증과 슬픔의 언어를 낳는다. 시적 자아는 욕망으로 인한 계율의 위반이 고통과 죄악, 죽음을 낳게 된다는 성서적 복선을 통해서, 서로를 의심하고 파괴하고 떠나가야 하는 불길한 연애의 운명을 암시한다. 화자는 "신의 아들을 범했으며/지하방, 어둠 속으로 끌어들여 그를 욕되게 했다". 그녀의 세계는 혼돈으로 뒤덮였고 세상은 사랑을 찾아 유랑하는 집시들이 노래와 욕망의 모닥불을 피우며 잠시 머물렀다 가는 황무지와 같다.

이렇듯 욕망은 '안전'한 울타리를 고수하지 않는다. "울렁증이 시작되자 애너벨은 벼랑으로 갔습니다"(「초경」) 같은 다른 시의 구절이 암시하듯이 화자는 연인들과 안전하고 따스한 공간을 벗어나 위태로운 삶으로 자신을 내몬다. "누군가는 이 열망이라는 짐승과 할퀴며 뒹굴고 또 누구는/고양이의 눈에 비친 황금나무를 깎아 달빛 속으로 노 저어 갔지만/나는 늑대의 시를 읊기 위해 사내라는 벼랑을 탔다"(「손톱」)는 구절이 암시하듯이 시적 자아가 평범한 일상의 세계에 적응하길 거부하는 이유는 노래에의 욕망과 맞물려 있다. 그녀는 더 이상 세상의 계율과 금지를 주입하는 목소리를 믿지 않는다. "지붕을 발랑 뒤집어놓은 그녀의 노래 소리, '뒤돌아보지 마' '돌아보지 마아아' 새빨갛게 타는 그런 날은 내 속 페튜니아, 몸통보다 커진 입술을 믿지 않게 되"(「밥집의 에우리디케」)었던 것이다.

유미애의 시는 이렇듯 내면의 부름을 따라 떠나가는 화자들을 통해 남성의 지배욕이나, 육체와 정신을 학대하고 파괴하는 세상의 잔혹한 메커니즘에 대한 탐구를 멈추지 않는다. 특히 시인은 강렬한 여성의 시선을 통해 존재를 상처입히는 사랑의 문제를 욕망을 중심으로 해부해간다. "건달의 주머니는 뜨거워/지퍼를 내리면 밀림을 뚫고 온 코끼리가 걸어 나온다/움막을 떠난 사내의 삶이란 얼마나 거침이 없었더냐"(「늙은 건달의 블루스」)라는 시귀에서 엿보이듯 시 속에 등장하는 여성 화자들에게 남성은 자연의 야성과도 같은 지배욕을 가지고 그녀를 상처입히는 존재들이다. 한 채의 집을 세우고 세계를 정복하기 위해 사랑의 거처를 떠나가는 남성들의 행로는, 끝없이 사랑의 거처를 수선하며 그들을 기다려야 하는 시적 화자의 불행과 겹쳐져 있다. 한 번 떠나간 연인들은 돌아오지 않는다. "그의 말뚝 박기는 어디든 거침이 없어서/서너 명의 여자에게 같은 말뚝을 친 적도 있었"(「말뚝」)던 것이다. 남성의 말뚝박기는 세상에 대한 지배의 표현이자 영역의 표시이다. 그러한 남성의 영역에 갇힘으로써 여성 화자는 자신의 목소리와 꿈, 본연의 자아를 앗긴 채 성적 질서로 편입된다. 남성의 지배와 정복을 위해 만들어진 사랑의 문법은 여성으로 하여금 일상의 전체적인 질서 안에서 고정된 역할과 지위를 갖게 하고 자연스런 사회적 질서로 고착된다. 그녀의 시 전체를 통해 보면 남성들의 영역이 군대, 공장, 대장간 같은 위기나 전쟁, 생산을 지속하는 영역이라면, 화자인 나, 즉 여성의 영역은 투쟁과 생산을 위해 희생되는 장소임과 동시에 그 물질세계의 몰락을 재촉하는 영역이다. 화자의 떠남과 글쓰기의 출발점은 사랑이 곧 이기적인 지배의 문법으로 귀착하게 된다는 슬픈 깨달음에서 비롯된다.

유미애의 시는 이러한 사랑의 문법 속에서 인간과 자연, 현실과 꿈, 남자와 여자의 합일이 왜 그토록 힘든 것인지에 대한 해답을 구한다. 시인은 완강한 사랑의 영역에 갇혀 불안과 절망에 허덕이는 수많은 시적 자아를 통해 사랑의 이념이 감추고 있는 희생의 논리를 폭로하고자 한다.

태양신전에 바쳐진 장미, 그 빛은 거두어지고
방문에 걸려 울던 처녀의 흑요석 눈동자도 사라지고
색과 향, 자결만이 허락된 적국의 땅
꽃이라는 감옥에 유배되어 온

분홍 손톱의 역사, 우리들의 이야기

── 「꽃의 역사」 부분

위의 시에 덧붙여진 시인의 각주에 의하면 아스텍 사람들은 죽은 처녀의 손가락을 방패에 붙이면 그 손가락이 자신을 지켜 준다고 믿었다. 전사의 방패를 장식하는 처녀들의 손가락에 대한 아스텍의 이야기를 빌려 쓰고 있는 위의 시는 문명이라는 '태양신전'에서 희생되어간 여성들의 역사를 환기시킨다. 신전을 적시던 핏물은 여인의 '분홍손톱' 속에서 욕망과 희생의 이미지를 간직한다. 끝없이 가시처럼 "손톱을 세운 장미"는 역사 속에 희생된 여성의 육체성과 남성의 공격적인 속성을 한몸에 통합하고 있는 것이다. 사랑의 논리로 미화되어 왔지만 실제로는 "색과 향, 자결만이 허락된 적국의 땅"에서 견뎌내기 위해 그녀가 선택한 것은 끊임없는 존재의 확인, 즉 글쓰기이다.

시집 속에서 그녀의 시는 "슬프고 유려한 꽃의 문장"(「장미수 만드는 집」)으로 상징된다. 반면에 남성적인 세계는 꽃을 꺾고 숲을 벌채하는 벌목꾼으로 모습을 드러낸다. 그녀의 시를 관통하는 식물성과 동물성은, 문명의 두 속성인 여성적인 면과 남성적인 면모를 각각 대변하는데, 이 두 가지 속성은 현실을 지배하는 권력과 제도 속에 내재하는 복잡한 갈등의 단면을 반사한다. "사내들의 자루를 빠져나온 연장은 건들건들 모험담을 늘어놓"(「부부차차,

마지막 벌목꾼의 노래」)고 있다. 남성의 문법이 지배하는 세상은 "우물에 못을 치고 나무의 밑동에 칼을 꽂"는 '계부'(「풍금」)의 세상과도 같다. 늑대, 코끼리, 북극곰 등 큰 짐승으로 표상되는 사내들은 신화적이고 목가적인 공간을 파괴하며 "달의 몰락"을 가져오는 힘으로 표상된다. 식물성의 지대가 꿈과 글쓰기가 지향하는 순수와 무구의 공간이라면 동물성의 공간은 지배와 정복의 논리가 관통하는 타락된 현실을 반영한다.

이러한 분열적인 영역과 관계는 자본주의 공간에서도 예외가 될 수 없다. 역사를 통해 점차 공고해지는 사랑의 문법은 조직화되고 기능화된 집이라는 영역에서 한결같이 정신의 무력증을 앓고 있는 여성들을 만든다. 시집 속에 등장하는 화자들은 일상 속에 고갈되고 물질처럼 닳아가며 끊임없이 갈등을 겪고 있다. 그 공간을 탈출하려는 욕망을 포기당하거나, 왜소한 구석에서 고독하게 죽어가며 이 고독한 현실이 사랑의 선물이라는 사실을 확인하는 일은 끔찍하고 고통스럽다.

누군가 내 멱살을 잡고 가 구둣방 한쪽에 던졌다
저녁의 잇몸 사이로 진분홍 향기가 빠져 나가고
별빛 아래 춤추던 정강이의 음률이 사라지고

구두공은 반짝이는 에나멜 구두에 홀려

신과의 서약에 쓰일 내 발굽을 고쳐놓지 않았다
밤새 오두막 굴뚝 위로 피리 소리가 들려왔다
나는 딸기맛이 배인 발자국을 벗겨 냄새를 맡았다

질질질, 또 누군가 끌고 가 길 가운데 세웠다
구름계단이 흔들리는 골목을 지나 까치산 비탈로
베르네 천변으로 긴 그림자를 끌고 가는
나는 게으름뱅이 구두공의 연인

── 「뱀가죽 부츠」 부분

불행한 구두공의 연인에 비유된 화자는 '구두 만들기'라는 일상의 노동 혹은 집단적인 생산이 곧 여성착취로 뒤바뀌는 부조리를 냉철하게 응시한다. 학대와 착취의 증거는 그녀를 짐승처럼 구두방 구석에 거칠게 내던지는 폭력적인 손길에서 읽을 수 있다. 그녀의 삶이란 피냄새가 배어 있는 걸음을 확인하는 것뿐이다. 그녀는 "딸기맛이 배인 발자국을 벗겨 냄새를 맡았다" 구두는 여성의 삶을 남성을 위한 생산의 토대, 자기욕망의 자원이자 물질로 환원시키고자 하는 남근적 자본주의의 속성을 암시한다. 결코 구두공장에서 만들어진 구두는 그녀의 걸음을 도와주지 못한다. 오히려 그녀는 신이 허용했던 구두조차 앗기고 망가진 구두굽으로 "까치산 비탈"에 서 있다.

이렇게 그녀가 "신과의 서약에 쓰일 내 발굽" 조차 망가진 채 외롭고 고단한 삶의 비탈을 지켜야 하는 이유는, 남성의 절대적인 구속력 속에서 안정된 삶을 살고 남성으로부터 인정받는 물화된 행복의 이미지를 거부하는 데서 비롯된다. 정형화된 일상의 틀 속에서 여성자아는 늘 고독하고 불안하다. 왜냐하면 세상의 계율과도 같은 사랑의 문법은 결코 견고하지도 않고 자신을 위한 것도 아니기 때문이다. 그럼에도 신화처럼 막강한 위력을 발휘하는 사랑의 해악성을 시인은 경고한다. "아직 젊거나 이미 늙었거나/낙타의 봉처럼 내려놓을 수 없는 짐을 진 저 여자들/모래바람 속 또 다른 별로 흩어지고 있다/내 어깨 위로 발굽소리 지나간다"(「노새들」)는 구절 등은, 낙타같이 사랑의 짐을 지는 여성의 희생에 의해 유지되는 현실, 그 희생과 억압의 고리 속에서 세상이 가동되고 있음을 폭로한다. 그녀들이 배회하고 있는 곳은 고독한 사막이며, 일상의 캄캄하고도 텅 빈 구멍이다. 그녀들은 삶의 아름다움과 미래에 대한 희망을 껴안는 대신 누추하고 허망한 몸짓들을 반복할 뿐이다. 그녀의 시는 낡은 유행가의 일부처럼 우리에게 익숙해져 있는 순애보가 낳은 허름한 폐허들을 집요하게 환기시켜준다.

드문드문 가내공장이 있는 변두리 정류소 건너편
여인숙이 숨은 골목에 수리점이 있다
가끔은 은발의 사장이 부르는 옛노래나

어린 직원의 순애보가 눈물겹지만 나를 흔드는 건 언제나
버스가 쏟아놓은 부푼 풍선 같은 연인들
옛 코드를 알까 구석의 턴테이블이 돌면
백구두 나팔바지, 두근거리던 시절이 있었음을
기억해줄까 퇴근길, 선술집을 나온 사장은
베고니아 등이 켜진 여인숙 모퉁이를 서성대고
노랑머리 직원은 형광빛을 좇아 시내로 간다
내게 연애는 버스 꽁무니의 여운 같은 것
몇 박자씩 목을 꺾은 버스가 내리막을 달릴 때면
울렁이는 상처에 땡강땡강 금이 가기 시작했다
매캐한 울림은 또 다른 흉터를 만들었다
서넛의 남자를 만나고 이별하는 동안
난 소리로부터 멀어져 갔다
가방을 열면 엠피쓰리가 만져지지만
다시 소리내어 울기엔 너무 많은 고개를 넘어온 것이다

──「살랑살랑 뚜루뚜루뚜」 부분

　시 속의 화자가 듣고 있는 것은 철지난 "어린 직원의 순애보" 같은 노래이다. 사랑은 버스처럼 다가오고 떠난다. "버스가 쏟아놓은 부푼 풍선 같은 연인들"의 음악을 따라갈 것인가. "서넛의 남자를 만나고 이별하는 동안/난 소리로부터 멀어져갔다/가방을 열면 엠피쓰리가 만져지지만/다시 소리내어 울기엔 너무 많은 고개를 넘어온 것이다"

이제 그녀가 따라가는 것은 통속적인 사랑의 문법이 아니라 자신의 욕망이다. 그러한 의미에서 시적 자아가 안정적인 일상의 공간을 뿌리치고 선택한 글쓰기는 자발적인 자유의 영역이다. 꿈꾸기는 현실의 논리를 전복하고, 삭제된 여성의 기억과 욕망은 고요하고 평화로운 일상에 균열을 내면서 침묵으로 가려진 죽음과 광기와 폭력을 드러낸다. 그녀는 때로는 광폭하고 파괴적인 표현을 통해 자신을 주장하고 싶어한다. 고립되고 일그러진 사랑의 공간에서 벗어나 싱싱한 야수성과 자기만의 벌판을 되찾고자 하는 글쓰기의 중요한 동기이다.

　이러한 강렬한 갈망의 뒤켠에는 그녀의 존재를 침묵으로 사장시킨 채 고요히 진행되는 섬뜩한 폭력이 자리한다. 그녀는 여성의 침묵을 인어공주의 이야기에 빗대어 조롱하고 있는데, 이는 여성자아의 소멸을 강요하는 남성세계의 폭력을 우회적으로 드러낸다.

　　나는 슬픈 부족, 먼 섬에서 왔지
　　노래하는 푸른 애인과 아기 코끼리가 사는 그곳
　　지금은 회색 도시, 내 몸에서나 피어나는

　　분갑을 놓치면, 달리는 상아색 다리도
　　나팔수를 보며 웃던 연분홍 목울대도
　　녹아내리고 없을

　인어는 왕자를 찾아 현실세계로 나오지만 궁극적으로 정체성의 무화라는 공기의 운명을 수납한다. "연분홍 목울대도/녹아내리고 없을" 인어의 운명은 현실 속에서는 아름다운 동화로 물론 예찬된다. 사랑이라는 이름으로 자신을 지우고 스스로 박해받는 순교자이기를 선택하는 여성들을 지고한 도덕적 상징의 자리로 끌어올리기까지 한다. 하지만 시인은 "당신은 내 문을 나갈 때/히아신스의 보랏빛과 염소의 순진함을 가져갔나요/또도도 똑똑 물고기의 타자 소리/그 낭랑하고 다정한 모음도 데려갔나요"(「서커스」)라고 묻는다. 아무리 아름다운 이야기로 치장된 동화라도 "사내를 보내고 나는, 죽어가는 꽃들을 지켜봤"(「붉은 방」)던 그녀의 비통한 기억을 지울 수는 없다.

　이렇듯 그녀를 인어공주처럼 '무'의 제물로 삼는 사랑의 논리 혹은 남성의 집단적인 망각은 세대를 통해 상속된 행복의 이념이다. 남성이 건네준 "멧돼지털 브러쉬"로 긴 머리칼을 빗질하며 착한 인어공주의 노래를, 유혹적인 사이렌의 노래를, 더 나아가 미친 광녀의 목소리를 들려주는 화자들은 시집 곳곳에서 출몰한다. 남성은 "세상에 나가 있는 동안은 처녀의 둥근 방을 잊"는다. 그녀가 들고 있는 "브러쉬는 그에게 갑옷을 입히고 창을 들게 했"(「브러쉬」)다. 사랑이 공생적 합일을 떠나 이기적인 자기애의 수단으로 변질될 때 자연의 질서는 망가지고 궁극적으로는 타자를 파괴한다. 시적 화자들의 고독과 반항은 소유의 논리 속에 돌고 도는 역사 속의 재앙, 즉 낙원을 맛보았으되 다시는 낙원과 구원을 약속받을 수 없는 존재의 비극과 맞물려 있다.

분명 유미애 시의 화자들의 광기와 고통은, 여성이 겪는 부당한 폭력에 무관심하거나 알면서도 용인하는 세상과 인간들의 비겁함을 탄핵한다. 사실 신과 자연으로부터의 분열과 대립에서 출발한 문명을 살아가고 있는 현대인들에게, 이러한 불화와 대립적 관계가 본질적인 차원에서 해소된다는 것은 거의 불가능에 가깝다. 그럼에도 불구하고 시인은 인간이 저주처럼 자신의 욕망을 발견한 뒤 운명처럼 수납한 바로 이 부조화의 관계를 문제삼는다. 더 나아가 시인은 이러한 논리 속에 포섭되어가는 착실한 삶에 거칠게 반항한다. 그녀는 "흔들리는 사생활을 간섭 마라" 혹은 "내 눈 속의 당신들을 후벼팠다"(「큰 입 물새의 유서」)는 공격적인 문장으로 잘못된 관계를 거절한다. 물론 이러한 거절의 제스처는 지나치게 단순하고 평범한 해답처럼 보이기도 하지만, 폭력들로 가득한 세계에서 어떤 희망의 불씨를 찾으려는 갈망의 표현이라는 점에서 간곡한 호소력을 발휘한다. 시인은 "천형의 환부를 드러내는 아름다운 릴리스*/에덴을 떠난 낯선 자여 돌아보지 말아요"(「불멸의 원피스」)라고 말한다. 한없이 스산하고 누추한 황무지의 삶을 선택한 릴리스의 선택은 사랑에 대한 절망으로부터, 그리고 그 절망들을 공유하고 있는 목소리들의 연대의 가능성을 예비한다. 폭력에 대해 현실적으로는 무력하지만, 폭력과 맞서는 가장 도덕적인 방식이 바로 '거절'이기 때문이기도 하다. 그렇게 "야윈 내 손은 시인이 빚어놓고 간 새 한 마리를/꼭 쥐고 있다"(「시인의 사려 깊은 고양이」). 고통 받는 자만이 타인의 고통을 이해하고, 고통으로 무너져본 자만이 그 고통에서 솟아나는 진정한 희망의 전언에 귀 기울일 수 있다. 유미애의 시는 서로의 고통을 향해 열리는 소통 공간에서만 새로운 낙원이 '약속'될 수 있는 것이라고 말하는 것이다.

유미애 시인
경북 문경 출생.
2004년 《시인세계》 신인상에 「고강동의 태양」 외 4편이
당선되어 작품 활동을 시작.
2009년 서울문화재단 젊은 예술가를 위한 창작지원금을 받음.

손톱
유미애 시집

•

초판 1쇄 발행일   2010년 11월 10일

•

지은이 · 유미애
펴낸이 · 김종해
펴낸곳 · 문학세계사

•

주소 · 서울시 마포구 신수동 345-5(121-110)
대표전화 · 702-1800, 팩시밀리 · 702-0084
mail@msp21.co.kr   www.msp21.co.kr
www.seein.co.kr(계간 시인세계)
출판등록 · 제21-108호(1979.5.16)

•

값 7,000원
ISBN 978-89-7075-504-5   03810
ⓒ 유미애, 2010

*이 시집은 서울문화재단 2009 젊은예술가지원사업을 통해 발간되었습니다.